크리스마스에 이루어진
하느님의 꿈

IMPRIMATUR

Suwon, die 18 Mensis Nov. 2005

Most Rev. Paulus Choi

Episcopus Suwonensis

NIHIL OBSTAT

Stephanus Lee, Censor

Suwon, die 18 Mensis Nov. 2005

크리스마스에 이루어진 하느님의 꿈

안젤름 그륀 지음 | 최영균 옮김 | 김용정 그림

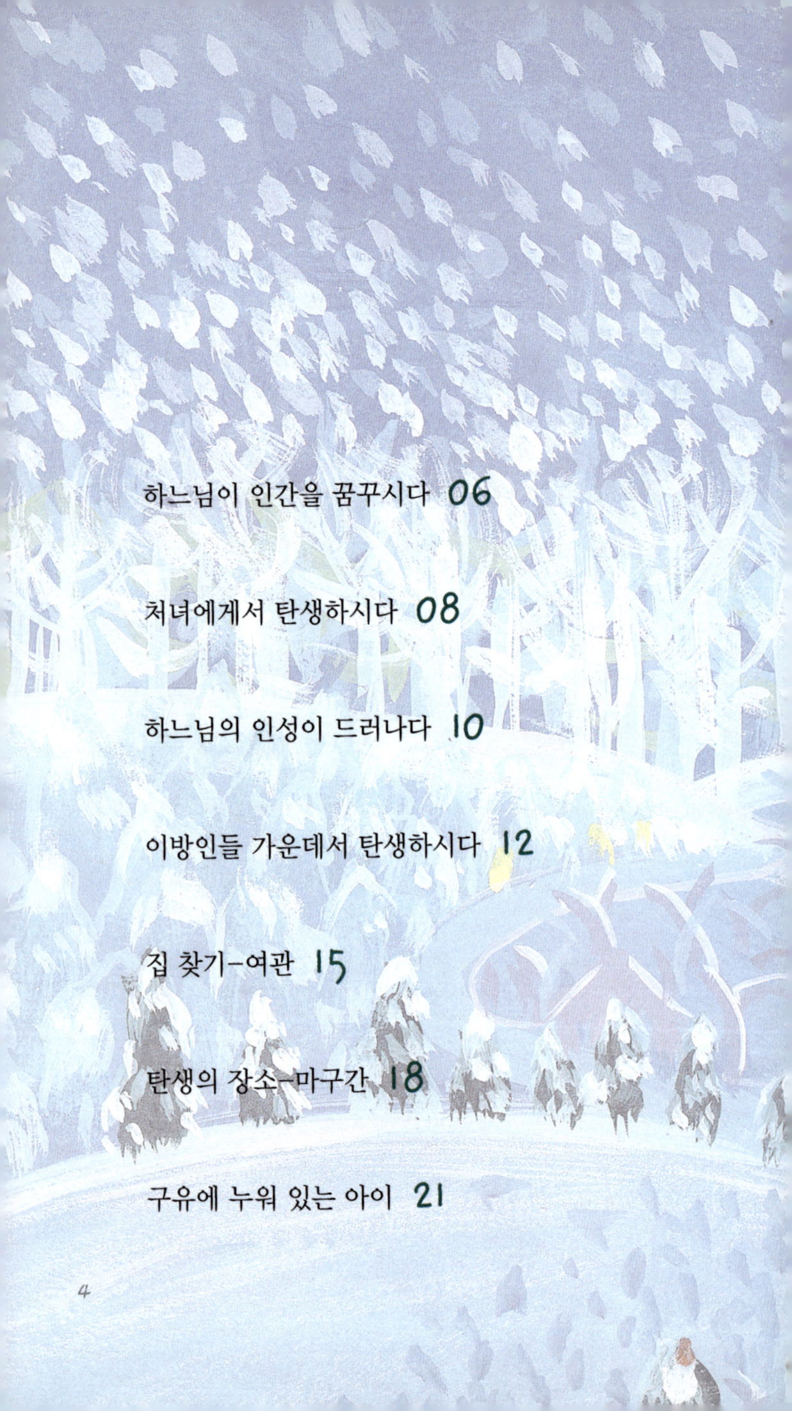

5

하느님이 인간을 꿈꾸시다

하느님께는 꿈이 있었다.

그분은 창조를 꿈꾸셨다. 그리고 그 꿈을 이루셨다.

그분은 하늘과 땅, 꽃과 풀, 나무와 숲, 산과 언덕, 강과 바다, 물고기와 새, 벌레와 젖먹이동물, 이 모든 것을 만드셨다. 그런데 꿈을 다 이루었다고 하기에는 무언가 부족했다. 그래서 그분은 자신의 모습을 쏙 빼닮은 사람을 창조하기로 하셨다.

마침내 그분은 남자와 여자를 만드셨다.

그러나 인간은 하느님께서 만들어 주신 자신의 첫모습을 잃어버리고 말았다. 그는 자신을 창조하신 하느님을 낯설어 했고, 그분에게서 도망쳤으며, 자기 자신으로부터도 도망치고 말았다. 자신의 고유한 근원으로부터 멀어져 간 것이다. 그는 하느님 앞에서 지내기는커녕 오히려 그분으로부터 자신을 숨기고 살았다. 그

러면서 자기 안으로 위축되어 마음의 문을 닫아걸고
더는 하느님이 곁으로 다가오시지 못하게 했다. 하느
님과의 유대를 포기했을 뿐만 아니라 자기 자신과 형
제자매들로부터도 등을 돌렸다. 결국 그는 잘못된 길
로 들어섰고, 자신이 만든 거짓말의 함정에 빠져들고
말았다.

그래서 하느님께서는 새로운 꿈을 꾸셨다. 애초에 생
각했던 그런 인간을 꿈꾸셨다. 그분은 새롭게 시작하
기로 작정하셨고, 그 꿈을 실현하셨다. 당신의 영광스
런 모습을 지닌 아들을 인간이 되게 하신 것이다.

"아버지와 가장 가까우신 외아드님 하느님이신 그분
께서 알려 주셨다."(요한 1,18)

그 아드님은 인간이 되셔야만 했고 인간의 원형을 다
시 만들어내셔야 했다. 하느님과 일치하는 삶을 벗어
나서 살아가는 인간에게 어떻게 살아야 하는지를 몸소
보여주셔야 했다.

그분은 인간이 자기 내면에 담고 있으나 죄로 말미암
아 퇴색해버린 하느님의 근원과 본질을 다시 상기시켜
주셔야 했다.

크리스마스에 우리는 예수 그리스도 안에서 분명하게 실현된 하느님의 꿈을 축하합니다. 예수님을 통해 드러난 인간의 순수한 본질, 자신 안에서 빛을 발산하는 인간을 우리는 축하하는 것입니다.

처녀에게서 탄생하시다

하느님은 사람의 모습을 한 당신 아들을 한 처녀에게서 태어나게 하심으로써 새로운 시작을 하셨다. 당신의 자녀들이 늘 계속되는 죄에 빠지는 혈통적 특성을 이어가도록 내버려 두어서는 안 되었기 때문이다. 사람들에게 새롭게 출발할 기회를 주실 필요가 생긴 것이다. 이 기회는 사람들로 하여금 새롭게 시작할 수 있게 하고, 자기 삶을 새롭게 주도해 나갈 수 있게 하며, 하느님께서 원래 생각하셨던 모습을 만들어 갈 수 있게 한다. 처녀로부터의 탄생은 인간에게 하나의 징표

이어야 한다.

"너는 네 상처와 아픔, 네 잘못과 오류의 역사로 규정되지 않았다. 너는 오늘 새롭게 출발할 수 있다. 너는 부주의로 말미암아 가시로 가득해진 네 인생의 들판을 새롭게 만들어 나갈 수 있다. 시작한다는 것은 밭을 경작할 수 있게 만든다는 뜻이다. 너는 네 밭을 다시 경작할 수 있는 곳으로 만들어야 한다. 그럼으로써 너는 풍요로운 결실을 맺고 너의 근원적 아름다움을 꽃피울 수 있게 된다."

하느님께서는 처녀에게서 당신의 아들을 탄생하게 하심으로써 우리가 "혈통이나 육욕이나 남자의 욕망으로 난 것이 아니라 하느님에게서 난 사람들"(요한 1,13)이라는 것을 명백하게 실현하셨다. 우리는 인간의 의지를 충족시켜야 하는 존재가 아니라, 하느님 아버지께서 원하시는 대로 살아야 한다. 그러한 삶은 우리가 조화를 이루어 사는 것, 자기 삶에서 인간 본래의 모습에 맞게 실천하면서 사는 것이다. 우리는 죽을 수밖에 없는, 쇠약하고 소멸할 수밖에 없는 육적 존재의 의지에 의해 태어나지 않았다. 우리 안에는 하느님의 불멸의 씨앗이 심어져 있다. 우리는 피를 통해 태어난 것이 아니며, 가문의 계보와 가족의 역사로 이해되는 존재가 아니다. 우리는 하느님에게서 태어났다. 그리고 우리는 하느님에 의해 규정된다. 하느님은 모든 인간에게 새로운 시작을 마련해 주셨다. 하느님은 당신이 인간을 만드셨을 때의 본 형상을 유일무이한 방법으로 실현할 수 있는 기회를 모든 인간에게 주셨다.

하느님의 인성이 드러나다

티토서는 크리스마스의 신비를 다음과 같은 함축적 문장으로 표현하고 있다.

"그러나 우리 구원자이신 하느님의 호의와 인간애가 드러난 그때…."(티토 3,4)

인간애를 뜻하는 그리스어 필란트로피아philanthropía를 라틴어로 '후마니타스humanitas'라고 옮긴다. 인간의 근원적 형상, 즉 진정한 인성humanitas은 그리스도 안에서 분명하게 드러났다. 그리고 이 하느님의 인성은 선善과 사랑으로 각인되었다. 하느님을 꿈꾸는 인간은 자신의 얼굴에서 하느님의 선과 사랑을 다시 드러내 보인다. 자비와 온화함을 발산하고, 자신에게도 다른 사람들에게도 선을 드러낸다. 선을 믿고 그럼으로써 형제들과 자매들의 내면의 중심에서 선의 핵을 끌어낸다. 그는 이웃을 사랑할 뿐만 아니라 친구와 친지도 사랑하며, 심지어 원수까지도 사랑하게 된다. 그 자신이 사랑이다. 그의 본질은 사랑 자체이다.

티토서의 저자는 그리스도의 현현 앞에 선 인간의 상황을, 잘못되어 절망적인 상황에 이른, 그래서 비구원적인 모습으로 보았다.

"우리도 한때 어리석고 순종할 줄 몰랐고 그릇된 길에 빠졌으며, 갖가지 욕망과 쾌락의 노예가 되었고, 악과 질투 속에 살았으며, 고약하게 굴고 서로 미워하였습니다."(티토 3,3)

예수 그리스도 안에서 하느님의 선과 인간사랑은 우리를 이런 비구원적 상황에서 벗어나게 한다. 티토서가 말하는 것처럼 그분은 우리를 구원하셨다. 그분은 우리를 속박하던 굴레로부터 자유롭게 하셨고, 산산조각 난 우리를 다시 온전한 하나로 만드셨다. 길을 잃고 헤매던 우리를 올바른 길로 인도하셨고, 서로 증오하게 만드는 강박으로부터 우리를 자유롭게 하셨다.

그리스도 안에서 하느님의 인성이 드러남으로써 인간의 진정한 본래 모습이 우리 내면의 무엇인가를 바꾸었다. 그것은 하느님이 우리를 만드셨을 때의 원래의 형상形象을 만나게 했다. 우리의 본래적 모습을 일그러뜨린 더러움을 씻어내고 새로운 아름다움 안에서 원천적인 형상이 다시금 빛을 발산하게 한 것이다.

이방인들 가운데서 탄생하시다

루카는 예수님의 탄생을 길 위에서의 그리고 이방인들 안에서의 탄생으로 묘사했다. 루카는 그리스 사람이다. 그는 예수 그리스도 안에서 이루어진 하느님의 인간화(육화)를 그리스식으로 이해한다. 루카에게 예수 그리스도는 하늘에서 내려온 신적인 방랑객이다. 그분은 우리와 함께 여행하면서 우리의 신적 모습을 상기시키려고 하신다. 그분은 우리가 하늘에 들어갈 때까지 늘 우리를 깨우쳐 주신다. 우리가 지상의 존재일 뿐만 아니라 우리보다 먼저 그 길을 가신 예수님처럼 동시에 하늘에 속한 사람이기도 하다는 것을 깨우쳐 주신다. 이 여정의 면모는 이미 예수님의 탄생에서 드러난다. 그분의 부모도 여행을 시작해야만 했다. 그들은 호구조사를 받기 위해 갈릴래아에 있는 고향 나자렛에서 베들레헴으로 떠나야 했다. 그리고 그곳에서 이방인의 운명을 체험했다. 여관에는 그들을 위한 자리가 없었다. 사람의 집이 그들에게는 닫혀 있었던 것이다.

루카에게 예수님이 이방인들 가운데서 탄생하신 것은 우리 인간실존에 대한 상징이다. 우리는 여기 지상에 살고 있지만, 이곳이 우리의 궁극적 고향은 아니다. 우리의 고향은 하늘에 있다. 인간의 집은 우리에게 너무 좁다. 우리 영혼의 집은 그보다 더 넓다. 어떤 인간의 집에도 밀어 넣을 수 없는 하느님이 우리 안에서 사신다. 바로 그곳, 하느님께서 사시는 우리 안의 그곳이 바로 우리의 고향이다. 루카가 그토록 대담하게 묘사한 이방인들이 이젠 세상의 중심에 서게 된다. 하느님이 우리 안에 자리잡으실 때, 천사가 나타나서 하느님의 영광을 노래하고 이 지상에 도래한 평화를 노래한다.

크리스마스에 우리는 이방인과 함께 고향을 찾는 하느님을 맞이하기 위해 우리 집을 아름답게 꾸밉니다. 왜냐하면 하느님께서 이방인인 우리 안에 사시기 때문입니다. 그렇습니다. 하느님께서 우리 안에서 태어나려 하시기 때문입니다. 하느님이 곁에 계신다면 우리는 아늑한 우리 집에 머물 수 있을 것입니다. 그러면 하늘은 땅위에서 열리고, 우리가 있는 바로 이곳에서 하늘과 땅이 서로 만날 것입니다.

집 찾기 – 여관

마리아와 아기가 지낼 방이 없었다는 사실에 대한 루카의 생각(루카 2,7 참조)은 대중의 신심에 반영되어 연극이나 노래로 표현되고 있다. 2천 년 전에 일어난 사건에서 마리아와 요셉 역시 오늘날 집을 찾았다가 거절당하는 피난민들과 망명자들과 같은 운명을 겪었다는 사실이 대중의 마음에 와 닿았음이 분명하다. 제2차 세계대전 후에 '누가 문을 두드렸나?'와 같은 노래가 사랑받았다. 많은 사람들이 예수님의 부모의 모습에서 고향으로부터 내몰린 자신의 운명을 발견했다. 그들은 동족에게 이해받기를 원했다. 그러나 동족은 자신의 욕구만을 생각했다. 더 힘든 것은 다른 문화에서 추방되어 새롭게 머물 다른 장소를 찾는 사람들을 만나야 한다는 데 있었다.

독일어에서 '여관Herberge'은 원래 군대가 적으로부터 자신을 보호할 수 있는 공간을 의미한다. 그리고 새롭게 힘을 재정비할 수 있는 공간을 뜻한다. 여관이란 우리가 내면의 투쟁을 하는 가운데서도 항상 아늑함을 느낄 수 있는 고향을 다시 찾게 해주는 하나의 약속이다. 우리의 인간화 실현 역시 집을 찾아나서는 것이다. 우리에게는 버림받은 아이도 안전하게 성장할 수 있게 해줄 안락한 공간이 필요하다. 우리 자신이 뿌리를 내릴 수 있는 어떤 공간이 필요하다. 그곳에서 우리는 우리 내면의 모습을 더욱 발전시키게 될 것이다.

동시에 여관을 찾는다는 것은 우리가 마리아와 요셉처럼 여행 중에 있으며 정착할 나라가 없는 순례자와 같다는 것을 보여준다. 이 지상에서 우리에게 아늑함을 선사할 수 있는 여관이란 오직 언제나 부르심을 기다리는 여관뿐이다. 그 여관은 지상에서 우리의 길이 끝날 때 하느님이 우리에게 선물로 주시는 영원한 곳을 생각하게 한다. 우리 모두는 순례자이기에 여관을 찾는 사람들은 예수님의 부모에게 초대를 받는다. 그리하여 여행 중에 우리 인간은 여관을 찾고, 그 여관에서 내적인 투쟁을 벗어나 한동안 마음의 안정을 누릴

수 있으며, 그곳에서 내면의 아이가 태어나고 또 자라
며 인간화 과정을 계속 걸어서 자신만의 길을 발견할
수 있다.

탄생의 장소 – 마구간

예수님은 마구간에서 태어나셨다.

"여관에는 그들이 들어갈 자리가 없었던 것이다."(루
카 2,7)

중세 이래로 예술가들은 예수님이 태어나신 마구간
에 대해 특별한 애정을 가지고 표현했다. 그들이 그린
마구간 그림은 분명 감동적이다. 스위스 심리학자 칼
귀스타브 융C. G. Jung에게도 마구간은 매우 중요한 상
징이다. 그는 하느님이 태어나실 곳은 오직 마구간일
뿐, 우리가 하느님께 드리고 싶어 하는 그런 호화로운
성이 아니라는 것을 생각해야 한다고 보았다. 동물들
이 사는 바로 그곳에서 예수님의 탄생이 이루어진다.

사람들이 아늑함을 느끼는 곳, 인간들이 사는 그곳의 문은 잠겨 있다. 마구간, 동물들이 사는 그곳은 곧 우리 내면에 펼쳐져 있는 영역으로 본능, 욕망, 생명력, 성적 활력Sexualität이 넘치는 곳이다.

이 동물적인 영역을 우리는 어떻게 해서든 우리 자신에게 그리고 다른 사람들에게 숨기고 싶어 한다. 우리는 이것에 부끄러움을 느낀다. 이 영역은 우리가 마음대로 할 수 있는 곳이 아니다. 그곳은 깨끗하지도 않고 쾌적하지도 않다. 소독되어 있지도 않다. 실사 깔끔하게 청소되어 있다 하더라도 마구간이라는 곳은 똥오줌을 연상케 한다. 할 수 있는 한 보고 싶지 않은 곳이며, 생각만으로도 인상이 찌푸려지는 곳이다. 그러나 바로 이 마구간이 우리 내면의 공간이며, 이곳에서 하느님이 태어나려 하신다.

우리는 다른 사람을 초대하기 위해 우리의 일터와 집을 깨끗하고 아늑하게 꾸며 놓는데, 정작 우리가 하느님을 만나는 곳은 그곳이 아니고 바로 우리 내면의 솔직한 마구간이다. 마구간에서 하느님을 만나려면 겸손한 태도가 필요하다. 우리에게는 우리 자신의 마구간을 하느님께 열어 보일 수 있는 용기가 필요하다. 우리가 우리 안에 있는 모든 것을 하느님께 보여드릴 수 있을 때 비로소 하느님은 우리 안으로 들어오신다. 그분은 아주 깨끗하게 청소된 손님방에 머물기를 기꺼워하시지 않는다. 그분은 우리의 가라앉아 있는 어두운 내면을 일깨우려고 하신다. 그분은 우리 영靈의 어둠에도 빛을 주려고 하신다.

크리스마스 그림에는 주로 빛이 등장합니다. 하느님의 아이에게서 나오는 그 빛은 마구간을 환하게 비추고, 그 부드러운 빛 안에서 모든 것이 밝게 드러납니다. 하느님의 아이가 누워 있는 바로 그곳에는 존재하는 모든 것이 있어도 좋으며, 바로 그곳에서 모든 것이 인간적이 되고 관대해지고 선해집니다.

구유에 누워 있는 아이

천사는 목동들에게 알렸다.

"너희는 포대기에 싸여 구유에 누워 있는 아기를 보게 될 터인데, 그것이 너희를 위한 표징이다."(루카 2,12)

인간이 하느님의 아이 앞에서 그들의 대문을 닫아버린 반면 동물들은 자기들의 집과 구유를 그 아이에게 내주었다. 동물들은 뒤로 물러나 있으면서 그곳에서 탄생의 신비가 일어나고 아이의 어머니에게 아이를 뉠 수 있는 구유가 필요하다는 것을 감지한다. 사람들은 여관을 찾아 헤매는 이방인 부부로 인해 불안해지기를 원치 않는다.

인간을 방문하는 신神에 관한 수많은 동화들이 있다. 동화 속의 남편과 아내는 그들의 집을 열심히 정리정돈하고 그들이 대접할 수 있는 최상의 음식을 준비한다. 그러고는 신이 오기를 하루 종일 기다린다. 그럼에도 신은 오지 않는다. 그 대신 가난한 거리의 아이 하나가 그 집을 기웃거린다. 그러나 그 아이는 잘 정리된 식탁을 엉망으로 만들어 버릴지도 모르기 때문에 문 앞에서 쫓겨난다. 다시 한 거지가 나타난다. 그러나 그는 신의 방문을 방해할 수도 있기 때문에 역시 거절당한다. 그리고 도움이 절실히 필요한 어느 노파도 그 많은 음식들 중에서 아무것도 얻지 못한다. 밤늦게까지 기다려도 오기로 한 신은 오지 않고, 그들 부부는 잔뜩 실망한 채 잠자리에 든다. 그리고 꿈에 신이 나타나 그가 세 번이나 왔었지만 번번이 거절당했다고 말한다. 본능적이고 즉흥적인 측면을 가지고 있는 인간은 깊이 생각하지 않는다. 그들은 도움을 필요로 하는 사람에게 문은 열어 주었지만 받아들이지는 않았다. 그러고는 자기들이 문을 열어 주었던 사람이 바로 신이었다는 것을 뒤늦게야 깨닫게 된다.

구유에 놓인 아이는 사람들이 기대하던 것과는 다른 모습이다. 그것은 사람들이 하느님에 대해서 전혀 다르게 꿈꾸고 있다는 것을 보여준다. 그 아이는 호화로

운 궁전이 아니라 마구간에서 태어난다. 그리고 부드럽고 우아한 침대가 아니라 딱딱한 짐승의 먹이통에 뉘어진다. 우리는 그 아이에게서 신적인 품위를 볼 수 없다.

그 아이는 연약하다. 그 아이는 인간적인 온정을 필요로 한다. 젖도 먹어야 하고 세심한 보살핌도 받아야 한다. 우리는 구유에 놓인 아이를 보면서 우리에 대한 하느님의 꿈이 어떻게 드러나는지 알게 된다. 우리가 벼랑 끝에 몰리고 곤경에 처하고 이해받지 못하고 거절당하고 내쫓기는 곳, 바로 그곳에서 하느님은 태어나신다. 우리가 돌아보려고 하지 않는 우리 욕망의 영역, 내몰린 영혼의 끝자락, 그리고 우리 안의 차갑고 딱딱한 바로 그곳에다 하느님은 당신의 아들을 뉠 구유를 마련해 놓으신다. 그리하여 하느님의 아들은 우리 안에서 태어나시고, 우리를 위해 메시아가 되신다. 이 메시아는 우리를 포로로 잡고 있는 세상으로부터 우리를 자유롭게 해주시고, 우리의 강박관념과 지나친 이상에서 비롯된 내적 감옥으로부터 우리를 구해내시기 위해서 우리를 하느님이 꿈꾸시는 이상적인 인간으로 만들려고 하신다.

들판의 목동들 - 열린 마음으로 듣기

마리아가 아기를 포대기에 싸서 구유에 뉘는 동안 목
동들은 탁 트인 벌판에서 그들의 양을 지키고 있었
다.(루카 2,8참조)

목동들은 하느님께서 사람이 되신(육화肉化) 모습을
본 첫 번째 목격자가 되었다. 왜 하필 목동들이었을까?
바리사이파 사람들은 목동들을 죄인 취급하면서 경멸
했다. 그와 반대로 그리스 사람들은 목동들을 신神의
자녀로서 특별한 직관을 가진 사람들로 간주했다. 양
떼를 지키고 동물을 돌보는 목동들은 하느님의 아이가
필요로 하는 장소를 직감적으로 알아차렸다. 목동들은
자기 양떼를 돌보는 마음으로 그 아이에게 다가갔고
그 아이를 밤새 지켜주었다. 한밤중에 다른 사람들이
자고 있을 때 그들은 깨어 있었다. 목동들은 혹시 늑대가 양떼를 물어뜯으러 오지는 않는지, 도둑이 양을 훔치려고 몰래 다가오지는 않는지 밤새 귀를 기울였다. 목동들은 듣는 사람들이다. 그들은 밤의 소리를 듣는다. 그들의 귀는 결코 잠들지 않는다. 그 귀는 밤중에도 깨어서 듣는다. 요아킴 에른스트 베렌트Joachim Ernst Berendt의 말처럼 전형적인 남성적 특징을 지닌 '보는 것'과 달리 '듣는 것'은 여성적인 특징을 가진다. 우리는 들음으로써 우리의 귀가 제공하는 것들을 받아들인다. 듣는 사람들은 분명 더 잘 준비되어 있는 사람들이고, 그들 가운데 태어나게 될 하느님의 아이를 더 잘 맞이할 준비를 갖춘 사람들이다.

목동이란 깨어서 밤을 지키는 사람이다. 우리가 거의 아무것도 보지 못하는 밤에도 목동은 자기 귀를 활짝 열어 놓는다. 그는 밤에 아주 세심하게 듣는다. 그래서 경청하는 사람의 전형이다. 듣고자 하는 사람은 들려오는 새로운 것을 열린 마음으로 맞이한다. 예견하지 않았던 것을 향해서도 활짝 열어 놓는다. 그는 들려오는 모든 것을 정확히 듣는다. 하이데거M. Heidegger는 이런 순종적인 경청Horchsamen에 대해 말한다. 그것은 경청하는 순종이다. 주의 깊게 귀를 기울여 듣는 것이다. 그리고 산만하게 떨어져 나가는 것이 아니라 바로 옆에 머물러 있는 것이다. 하느님이 사람이 되셨다는 소식을 잘 듣기 위해서는 주의 깊고 순종적인 경청이 필요하다. 그리고 천사들이 목동들에게 들려주는 말을 잘 듣기 위해서도 이렇듯 주의 깊고 순종적인 경청이 필요하다. 듣는다는 것이 그리스 사람들에게는 가장 감동적인 의미를 가진다. 느낌은 듣는 것을 넘어선다. 그래서 천사들이 목동들에게 전달한 기쁨은 더욱 커진다. 그들은 육화의 신비를 눈으로 보려 하기에 앞서 먼저 들어야만 한다.

천사의 광채

목동들은 단지 천사들이 전해 준 소식만 들은 것이 아니다. 그들은 천사들을 볼 수도 있었다.

"그런데 주님의 천사가 다가오고 주님의 영광이 그

목자들의 둘레를 비추었다."(루카 2,9)

목동들은 천사들의 광채에 눈이 멀 지경이다. 그들이 보는 것은 천사들의 모습이 아니라 천사들이 발산하는 빛이다. 그들은 천사의 밝은 빛으로 충만해진다. 그들은 정확히 판단할 수 있는 어떤 특정한 것을 보는 것이 아니다. 그러나 그들의 눈은 오히려 더 밝아진다. 목동들 안에서 모든 것이 밝혀진다. 그들은 한밤중에도 잘 보게 된다. 그들은 하느님의 신비와 세상의 신비를 보게 된다. 그들은 눈이 뜨여 그들 인생의 한밤중에 하느님의 빛을 보게 된다. 그들의 밤은 변하고 하느님의 빛은 그들의 암흑 속에서 더욱 빛나게 된다. 그 빛 속에서 그들은 이미 자신의 구원을 보게 된다. 그들은 이제 눈먼 사람들처럼 어둠 속에서 불안하게 더듬거리지 않아도 된다. 눈이 활짝 열렸기 때문이다. 목동들은 하느님이 자기들 곁에 계시고, 그분이 당신의 천사를 그들에게 보내셨고, 하느님의 빛이 모든 어둠보다 더 강하다는 진실을 인식하게 되었다.

천사는 크리스마스를 표현하는 데 절대로 빠져서는 안 되는 존재이다. 천사는 하느님의 광채가 갖는 순수

한 모습을 우리에게 선사하고, 이 소박한 구유에서 아이가 탄생한 사건이 무엇을 의미하는지 우리에게 알려준다.

날마다 아이들은 태어난다. 그리고 오늘날에도 베들레헴의 마구간과 아주 비슷하게 가난한 상황에서 아이들이 태어난다. 천사라는 존재는 일상적인 일에서 하느님의 빛을 드러낸다. 크리스마스는 우리 유년시절의 마술을 약속해주는 것과 같은, 그리고 우리가 항상 그리워하는 목가적이고 평화로운 정경이 아니다. 크리스마스란 복음사가 루카가 우리에게 전하는 천사의 장면처럼 우리의 일상 한가운데서 일어난다. 즉 우리가 일하는 곳, 하느님이 우리에게 믿고 맡긴 양떼를 곁에서 돌보는 곳, 양떼를 보호해주는 곳, 우리가 주의 깊고 사려 깊게 행동하는 곳, 바로 이곳에서 크리스마스는 우리에게 맡겨진다. 만일 우리가 목동처럼 깨어 있다면, 만일 우리가 우리의 헛된 꿈을 포기한다면, 우리가 현실로 깨어난다면, 우리는 우리의 일상 안에서 우리와 함께하고 있는 천사를 실제로 느낄 수 있다. 주님의 천사는 우리에게 그리고 우리 안에서 매일매일 무엇이 일어나고 있는지를 알려주고자 한다. 천사는 우리에게 본질적인 현실을 알려주고자 한다. 겉으로 보이는 것이 전부가 아니다. 우리의 일, 우리의 관계, 우리의 근심과 노력, 이것이 바로 현실이다. 그러나 그 뒤에는 하느님의 광채가 빛나고 있다. 하느님은 우리 안에서 태어나신다. 하느님은 그야말로 우리 안으로 육화하신다. 하느님은 당신 아들의 육화로 인해 구분할 수 없을 정도로 우리와 하나가 되셨다. 우리의 이둠 속에서 그분의 빛이 광채를 발한다. 그분의 선이 우리의 우울함 안에서 빛을 발한다. 우리가 힘들고 메마르다고 느끼는 바로 그곳에서 그분의 사랑이 몰아쳐 온다. 우리는 목동들처럼 우리 삶의 잠 한가운데서도 항상 눈을 뜨고 있어야 한다. 이와 함께 우리는 우리 옆에 있는 하느님의 천사를 인식하게 된다. 천사는 우리에게 하느님의 빛이 우리 인생에서도 발산하고 있다는 기쁨을 알려준다.

구유 옆의 동물들 - 낮은 자들의 지혜

　옛날부터 구유를 표현하는 거의 모든 문학이나 예술 작품에는 나귀와 황소가 등장한다. 오리게네스 Origenes도 이미 예수의 탄생과 관련하여 이사야서 1장 3절을 다음과 같이 풀이했다. "황소는 그의 주인을 알아보고 당나귀도 주인의 구유를 알아본다. 그러나 이스라엘은 알아보지 못한다. 나의 민족은 통찰력을 가지고 있지 않다." 인간들은 눈이 멀어 하느님 육화의 신비를 보지 못하는 반면에 이 두 동물, 즉 나귀와 황소는 구유의 아이가 하느님이 친히 가시적으로 현현하신 분이라는 것을 감지한다. 구약성서의 민수기는 발람이 가는 길이 너무 가파른 길이었기 때문에(하느님이 원하시는 길이 아니었기 때문에) 천사를 시켜 그 길을 막게 했다. 저 유명한 예언자는 눈이 멀어 천사를 알아보지 못한 반면에 발람을 태우고 빌레암Bieleam을 달리던 당나귀는 천사를 알아보았다.(민수기 22장 참조) 당나귀는 하느님의 뜻을 이성을 가진 인간보다 더 잘 이해하는 창조물을 대표한다.

당나귀는 고집 센 동물로 간주된다. 프란치스코 Franziskus는 자신의 육신이 당나귀와 한 형제라고 말한다. 우리의 육신은 너무 자주 이성의 지배로부터 벗어난다. 그러나 당나귀는 우리 인간에게도 필요한 아주 섬세한 직관을 가지고 있다. 육신은 하느님의 아이가 태어나는 하느님의 성전, 즉 구유가 되고 싶어 한다. 우리가 하느님이 우리를 만드시던 때의 모습을 거스르게 되면, 육신은 우리에게 보여준다. 우리를 가파른 길 앞에서, 즉 병이나 죽음이 기다리는 길 앞에서 보호해 주려고 하느님의 천사가 우리에게 길을 마련해 줄 때, 육신은 우리에게 말을 해준다.

황소는 온유함과 선량한 힘을 상징한다. 황소는 우리의 생명력과 힘, 그리고 우리 욕망의 본능과 인간 직관의 영역을 의미한다. 우리의 이성은 구유 안의 아이를 그냥 지나쳐 보기만 한다. 그렇기 때문에 우리는 우리 내면에 있는 하느님의 아이에게 어떤 보호공간이 필요하다는 것을 이해하지 못한다. 많은 전설은 황소와 당나귀가 추위에 벌벌 떨고 있는 아이를 그들의 숨결로 따뜻하게 데워주었다고 전한다. 그들은 하느님의 아이를 위한 모성적 보호공간과 같은 존재이다. 우리는 우리 안에 있는 당나귀와 황소로 상징되는 육신과 본능적 영역, 그리고 우리의 생명력과 직관적 영역과 유대를 맺어야 한다. 그렇지 않으면 진정 우리 안에서 어떤 새로운 것도 탄생할 수 없다. 그렇지 않으면 우리 안에서 하느님이 인간이 되실 수 없다. 하느님은 당신 아이의 육화를 통해 우리 육신과 영혼의 모든 영역을 관통하고자 하신다. 그러나 우리는 먼저 우리 안의 황소와 당나귀를 하느님의 아이가 누워 있는 구유로 데려가야 한다. 그리고 우리의 육신이 고유의 지혜를 가지고 있으며, 우리의 직관과 본능이 밝아져서 예수님의 육화에 나타난 변화의 신비를 우리의 이성보다 더 잘 이해한다는 것을 우리가 이 두 동물에게서 배울 때 비로소 하느님은 우리의 모든 영혼과 육신의 영역을 꿰뚫으실 수 있다.

요셉의 꿈

크리스마스의 천사를 마태오 복음은 다른 식으로 설명한다. 마태오 복음에서는 예수님의 탄생 주변에서 발산하던 광채가 보이지 않는다. 천사는 요셉의 꿈에 나타난다. 요셉은 그의 약혼녀 마리아에게 무슨 일이 일어났는지 이해하지 못한다. 마리아가 임신 중이지만 태중의 아이는 요셉의 아이가 아니다. 만약에 요셉이 법을 충실히 이행하고자 했다면 마리아를 법정에 데리고 갔어야 했을 것이다. 그것은 확실히 마리아의 죽음을 의미했을 것이다. 그녀는 돌에 맞아 죽었을 것이다. 그러나 요셉은 의로운 사람이었다. 그는 율법을 충족시키려 하기보다 자기 약혼녀를 정당하게 평가하려고 했다. 그래서 그는 조용히 그녀를 떠날 것을 심사숙고한다. 바로 그때 주님의 천사가 꿈에 나타나 그에게 말한다.

"다윗의 자손 요셉아, 두려워하지 말고 마리아를 아내로 맞아들여라. 그 몸에 잉태된 아기는 성령으로 말미암은 것이다."(마태 1,20)

천사는 우리의 이성이 이해할 수 없는 현상을 의미한다. 천사는 요셉에게 고유한 실체를 보여준다. 그리고 요셉에게 마리아를 떠나지 말고 맞아들일 것을 요구한다. 천사는 순명을 요구한다.

"잠에서 깨어난 요셉은 주님의 천사가 명령한 대로 아내를 맞아들였다."(마태 1,24)

천사는 다시 요셉의 꿈에 나타날 것이다.

그리고 요셉은 마리아의 아들이 충분히 강해져서 어느 누구도 그의 목숨을 노릴 수 없을 때까지 천사가 말한 대로 행하게 될 것이다.

하느님은 우리에게도 언제나 당신의 천사를 보내주신다. 하느님은 꿈에서 천사를 통해 우리가 어떻게 길을 계속 가야 할지를 보여주신다. 꿈속의 천사는 언제나 우리 안에서 무언가 새로운 것이 일어날 때 나타난다. 그리고 천사를 통한 하느님의 근원적 꿈은 항상 우리 가까이 있다. 우리는 어린아이에 대한 꿈을 꾼다. 그러나 종종 우리는 꿈에 나타나는 어린아이들을 무시한다. 어린아이들에게 주의를 기울이거나 신중하게 생각하거나 하지 않는다. 천사는 어린아이 안에서 우리가 하느님이 꿈꾸신 인간의 근원적 모습과 마주하게 될 것이라고 약속한다. 그리고 천사는 우리에게 경고한다. 우리 안의 이 아이를 세심하게 보살피라고 권고한다. 아이를 지켜주고 그 어떤 헤로데도 아이를 추적하지 못하게 하라고 권고한다. 그리고 아이를 잘 보호하고 양육하고 그 아이가 우리 안에서 현실화될 때까지, 어떠한 외부의 힘도 이 내면의 아이를 우리에게서 떼어 놓을 수 없게 될 때까지 이 아이를 잘 보호하고 양육하라고 권고한다. 우리가 꿈속의 천사에게 순명할 때, 우리 안에서 하느님의 아이가 태어날 수 있게 된다. 그럼으로써 천사가 우리에게 약속한 것, 즉 그 아이는 우리 내면에서 육화하고 우리 삶에 강한 영향을 주게 된다.

동방박사의 경배

  마태오 복음에서는 그 아이를 경배하는 사람들이 목동들이 아니라 먼 동쪽에서 이방인들을 대표해서 온 점성술사이며 꿈의 해석자인 동방박사들이다. 전승에 의하면 그들은 왕으로 간주되었다. 이 세 명의 왕들은 인간의 세 가지 영역을 대표한다. 즉 육신, 영혼, 정신 또는 이성, 감성, 의지를 대표한다. 왕으로서 인간 존재는 그들의 가치가 얼마나 존귀한지 의식하고 있다. 그럼에도 그들은 하느님의 아이 앞에 엎드린다. 왜냐하면 그들은 이 아이에게서 자신들에게는 없는 무엇을 감지했기 때문이다. 이 아이에게서 하느님 자신이 빛난다. 그리고 만약 하느님이 한 인간 안에서 빛을 발한다면, 그 인간은 근원적 원형의 모습이, 비슷한 형상이 아닌 고유한 하느님의 모습이, 이 세상의 유일무이한 하느님의 모습이 된다. 참된 왕은 하느님 안에서 모든 것을 지배하는 사람이다. 만일 하느님이 우리 안에서 지배하신다면, 우리는 우리의 변덕스러운 기분과 고통의 지배로부터 자유로워진다. 그러면 어느 누구도 우리에게 힘을 행사할 수 없게 되고, 우리는 어느 누구에게도 종속되지 않고 진정으로 왕의 모습을 갖춘 인간이 된다. 동방박사들은 이 아이를 발견하고 경배하기 위해 이 아이 앞에 엎드린다. 그리고 자기들이 가져온 귀중한 보물들을 그 앞에 펼쳐 놓는다. 황금, 유향, 몰약. 그 선물들은 마리아의 아이가 누군지를 명확하게 보여준다. 이 아이는 왕의 아들이다. 그는 황금을 받을 만한 자격이 있는 존재다. 황금은 왕의 주위를 비추는 광채를 상징한다. 하느님 자신이 이 아이 안에서 인간이 되셨다. 하늘을 향해 올라가며 그 하늘을 우리 삶 위로 열어주는 유향은 하느님의 아들에게 어울린다. 그리고 이 아이는 구원자이다. 이 아이는 인간을 치유할 것이다. 무엇보다도 인간들이 가장 두려워하는 죽음이라는 상처를 치유할 것이다. 이 치유를 위해 필요한 것이 바로 몰약이다. 몰약은 우리의 상처를 치유할 수 있는, 낙원Paradies에서 온 치유제이다.

동방박사들의 세 가지 선물은 하느님이 처음에 꿈꾸셨던 우리의 첫모습을 보여준다. 우리는 왕인 인간존재들이다. 왕의 아들이요 왕의 딸이다. 왕은 외부의 힘에 의해 사는 것이 아니라 주체적으로 살아간다. 다른 사람의 지배를 받지 않고 스스로 지배한다. 왕은 온전한 인간이다. 자기를 향하여 그리고 자기 안에서 사는 온전한 인간이다. 예수 그리스도 안에서의 하느님의 육화를 통해 우리는 신적인 인간이 된다. 하느님은 우리의 죽어야 할 운명을 변화시키신다. 우리의 심연 속에서 그분과 우리는 하나가 된다. 바로 우리의 심연 속에 우리의 참된 본질이 놓여 있다. 하느님이 당신 아들의 탄생 안에서 우리를 하느님과 같게 만드셨기 때문에 우리는 다른 사람 위에 서는 신처럼 행동할 필요가 없다. 우리 안에 신적神的 삶이 있기 때문에 우리는 어떤 우상을 숭배할 필요가 없다. 우리 영혼의 깊은 곳에서 우리는 벌써 그 목적에 도달해 있다. 그러면서 우리 동경憧憬Sehnsucht의 유향은 하늘로 하늘로 올라간다. 그곳에서 우리는 진정한 우리의 집을 찾을 수 있다. 그리고 또한 그곳에 상처를 치유하라는 우리의 소명도

놓여 있다. 우리는 우리 자신의 힘만으로는 상처받은 인간들을 치유할 수 없다. 그러나 하느님은 우리 그리스도인들에게 치유하는 영을 선사하셨다. 그것으로 우리는 하느님의 뜻을 충족할 수 있다.

"앓는 이들을 고쳐주고 죽은 이들을 일으켜 주어라. 나병 환자들을 깨끗하게 해주고 마귀들을 쫓아내어라."(마태 10,8)

이집트로의 도피 - 불안정한 삶의 지혜

천사는 요셉이 감동할 만큼 아름답고 목가적인 정경으로 꿈에 나타나지 않는다. 천사는 언제나 요셉에게 행동할 것을 요구한다. 하느님은 우리에게 꿈만을 보내주시지 않는다. 하느님은 우리에 대한 당신의 꿈을 현실화하기 위해서 우리가 자신의 손으로 무엇인가를 하기를 원하신다. 마태오가 우리에게 전하는 것처럼, 육화 이야기는 자기 자신이 되기 위한 길을 계속해서

가도록 우리가 늘 다시 일어서야 한다는 것을 보여준다. 천사는 잠을 자는 요셉에게 그 길을 다시 한 번 가도록 요구한다. 베들레헴에서 그는 이미 이방인이다. 사람들은 그가 드디어 자기 고향 나자렛으로 돌아갈 수 있다는 것을 기뻐했을 것이라고 생각할지도 모른다. 그럼에도 주님의 천사는 꿈에 그에게 나타나서 재촉한다.

"일어나 아기와 그 어머니를 데리고 이집트로 피신하여 내가 너에게 일러줄 때까지 거기에 있어라."(마태 2,13)

그리고 요셉은 잠에서 깨어 그 아이와 아이 엄마를 데리고 이집트로 피신한다. 이집트는 이스라엘 사람들에게 쫓기는 사람들을 위한 도피처로 인식된 곳이다. 예수님은 이미 아이 때부터 이방인 사회로 피신해야 하는 존재, 쫓김을 당하는 존재였다. 예수님은 쫓기면서 사람들의 호의에 의지해야 하는 존재였다. 그러나 이집트는 마법을 행하는 나라로 여겨졌고, 초세기 교부들에 의하면 참된 신앙이 없는 나라로 인식되었다. 교부들에 의하면 예수님은 이미 탄생하시면서부터 이

교도의 나라인 이집트를 구원하셨다. 이방인들과 신앙이 없는 자들은 예수님을 만나 변화되었다.

이방인 사회에서 요셉은 자신의 꿈에 의지할 수밖에 없었다. 꿈에서 항상 주님의 천사가 나타나 그가 가야 할 길을 알려주었다. 요셉은 사제와 율법학자들을 신뢰할 수 없었다. 그는 회당을 아늑한 고향으로 느낄 수 없었다. 그러나 그는 고향이 없는 사람도 아니고 하느님의 인도를 받지 못한 것도 아니다. 하느님은 언제나 천사를 보내시어 요셉이 무엇을 해야 할지를 알려주신다. 마태오의 표현에서 위대한 지혜가 드러난다. 안전하지도 않고 고향도 없고 가족에게 기댈 수도 없는 바로 그곳에서 천사는 우리와 동행한다. 불안정한 우리 삶 한가운데에서 하느님의 천사는 우리에게 정신적으로 필요한 도움과 해법을 선사한다. 천사는 꿈에서 우리에게 우리 주변이 어떠한지, 아직 위험이 우리를 위협하고 있는지를 말해 준다. 하느님이 우리 안에서 태어나신다면, 그리고 우리가 하느님이 우리 안에 불러일으켜 주시는 어떤 새로운 것과 접하게 된다면, 우리는 종종 이방인인 것처럼 느끼게 된다. 우리는 주변 사람들로부터 이해받지 못한다. 우리는 우리의 길이 어디로 향해야 하는지 명확해질 때까지 우리 내면의 피난처로 떠나야 한다. 우리가 우리를 신뢰하는 공동체로 돌아올 수 있게 될 때까지 고립이 필요하다. 그러나 우리는 아기 예수님이 갈릴래아의 나자렛에서 추적을 두려워하지 않고 살 수 있을 만큼 강해지기까지는 시간이 필요하다는 것을 알게 된다. 갈릴래아는 이방인의 땅으로, 그리고 유대인과 이방인이 서로 섞여 함께 사는 땅으로 인식된다. 그곳은 우리 삶의 모습을 보여준다. 그곳에는 인간적인 것과 신적인 것이 섞여 있고, 경건한 신앙심을 지닌 사람들과 신앙이 없는 사람들, 그리고 일상의 단조로움과 축제의 기쁨이 함께 어우러지는 곳이다. 우리 일상의 삶 한가운데, 바로 그곳에서 하느님의 아이는 성장해야 하고 바로 그곳에서 우리 또한 진정한authentisch 우리의 삶을 살아야 한다. 그곳은 헤로데의 위협이 없는 곳이고, 우리의 진정한 자아를 모순되는 방향으로 몰아가는 초자아Über-Ichs의 목소리도 없는 곳이다.

맺는말

하느님은 인간에 대한 꿈을 꾸셨다.

예수 그리스도 안에서 하느님의 이 꿈은 현실이 된다. 인간은 왕의 아들이요 딸이다. 인간은 하느님의 아들이요 딸이다. 그리고 그는 치유하는 남자요 치유하는 여자다. 하느님은 각각의 모든 사람들을 위해 언제나 이러한 꿈을 새롭게 다시 꾸신다. 하느님이 한 인간에 대해 꾸시는 꿈의 모습은 그때마다 유일하고 독특하다. 우리의 과제는 하느님의 이런 유일한 꿈이 이 세상에서 가시적으로 실현되게 하는 것이다. 하느님의 꿈 안에서 능가할 수 없는 방식으로 빛을 발하시는 예수 그리스도의 형상은 우리가 이 꿈을 실현할 수 있도록 도움을 준다. 하느님이 우리에 대해 꿈꾸셨던 그 형상도 우리 안에서 빛을 발하게 된다. 그렇게 되면 우리는 진정으로 크리스마스를 축제로 지낼 수 있다. 그렇게 되면 하느님이 우리 안에서 태어나시게 된다. 우리의 인생은 새로워지고, 우리 안에서 우리의 구원자이신 하느님의 선함과 인성이 빛을 발하게 된다.

지은이 **안젤름 그륀** Anselm Grün 독일 성 베네딕토회 뮌스터슈바르작 수도원의
　　　　수사 신부이며 신학박사이다. 성서와 사막 교부들의 가르침, 융의 분석심
　　　　리학 등을 연구하였다. 현대인에게 그리스도교 영성을 소개하는 세계적인
　　　　영성지도자이다. 저서로 「완전한 만남」, 「내 나이 마흔」, 「너 자신을 아프게
　　　　하지 말라」 등 80여 권의 책을 펴냈다.

옮긴이 **최영균** 수원교구 사제
　　　　역서 「펠리치따스와 키다리 아저씨 그리고 십계명 Felicitas, Herr Riese und
　　　　die Zehn Gebote」, 「완전한 만남 Das Glück der Begegnung」

그린이 **김용정** 3인전 'Story about M'

크리스마스에 이루어진 하느님의 **꿈**

Weihnachtlich leben

지은이 | 안젤름 그륀 Anselm Grün
옮긴이 | 최영균
그림 · 디자인 | 김용정 016 · 738 · 8368
펴낸이 | 장말희
펴낸곳 | 도서출판 장락

교회인가 | 2005년 11월 18일
초판인쇄 | 2005년 11월 21일
초판발행 | 2005년 11월 22일

등록일 | 1991년 7월 25일　　등록번호 | 제21-251호

주소 | 110-350 서울시 종로구 운니동 65-1 월드오피스텔 1103호
전화 | 02) 3673-0315~6　　팩스 | 02) 3673-0317

값 | 5,000원
ISBN 89-85262-81-0　03850